ESTE É UM LIVRO SOBRE AMOR

PAULA GICOVATE
ESTE É UM LIVRO SOBRE AMOR

janela + **mapa**.lab

copyright © Paula Gicovate, 2022
Todos os direitos reservados e protegidos pela lei 9.610 de 19.2.1998.
É proibida a reprodução total e parcial, por quaisquer meios sem a expressa anuência da editora.
Texto revisado segundo o novo Acordo Ortográfico da Língua Portuguesa.

produção editorial
Mapa Lab

capa, projeto gráfico e diagramação
Mariana Newlands

impressão e acabamento
Graffito Gráfica

Dados internacionais de catalogação na publicação (CIP)

G452e Gicovate, Paula, 1985-
          Este é um livro sobre amor / Paula Gicovate. – Rio de Janeiro : Mapa Lab, 2022.
    96 p. ; 21 cm.
          Edição realizada pela Mapa Lab em colaboração com a Janela Livraria.
          ISBN 978-65-86367-42-3
          1. Ficção brasileira I. Título.
                                                                              CDD B869.3
                                                                              CDU 821.134.3(81)-3

Bibliotecária: Ana Paula Oliveira Jacques / CRB-7 6963

@janela_livraria @amapalab
www.janelalivraria.com.br
www.mapalab.com.br

Para Laura, minha mãe,
para quem escrevo todas as palavras de amor.

"Por isso mesmo escrevo este livro.
Sou do tipo de pessoa incapaz de entender bem alguma coisa, seja lá o que for, se não a puser por inteiro no papel".

Haruki Murakami,
Norwegian Wood

Haveria baleias para sempre

Meus pés estão fincados no chão de carpete da casa onde passei a maior parte da vida. Foi aqui que comecei a escrever cartas para amores da escola que nunca me deram bola – ou às vezes sequer existiram – e depois textos que salvariam o final da adolescência e me levariam para o Rio de Janeiro.
Lá, segui escrevendo obsessivamente, como ainda faço, preenchendo cadernos, guardanapos, blocos de notas, livros. Escrever é o que me deixa sã. É o que me equaliza, o que permite que eu consiga existir nesse mundo sendo uma adulta praticamente funcional. Se eu não tivesse as palavras, não sei como seria. Foram as palavras que criaram a ponte entre os leitores e eu, que mostraram que não estou sozinha.
Este é um livro sobre amor é meu primeiro romance, minha entrada nesse mundo que me acolhe de verdade, onde sinto que sou mais verdadeira. Esse foi o livro que me levou para as livrarias, meu templo sagrado, onde chorei pela primeira vez lendo meu nome em uma prateleira ao lado de autores que me fizeram companhia a vida toda. Onde sigo chorando de alegria e espanto.

Em 2016, o livro foi traduzido e publicado na Espanha, me ampliou o mundo e me fez conhecer leitores em outras línguas. Fomos juntos para Barcelona, México, e agora, finalmente, voltamos para casa.

Quando comecei a preparar este livro eu tinha 26 anos. Criei os capítulos como um inventário dos amores que escrevia desde o tempo do quarto com chão de carpete. Trouxe cada um deles de volta junto com uma mulher que tinha sido atravessada por essas paixões.

Queria que o livro fosse um pastiche, recorte de grandes amores na vida de uma mulher, suas diferentes fases, amantes, desejos. Ella era para ter sido "ela", assim com um L só, porque queria que a personagem representasse todas nós, que fosse todas as mulheres. Só depois ela ganhou um nome, mas até hoje eu a vejo como muitas vozes ao invés de uma.

Essa é uma versão atualizada da edição de 2014. Fiz alguns cortes e mudanças de textos e expressões para dialogar com quem sou agora, mas nele ainda reconheço tudo o que viria depois: o estilo de uma escrita impermanente de soluços e partes, romances construídos da mesma forma que funciona minha cabeça, em fragmentos, páginas que começam e se encerram em si mesmas, e, ainda assim, contam uma história maior.

Foi esse livro que me mostrou a coisa mais importante da vida: eu poderia seguir escrevendo. E escrever me salvaria de todas as enrascadas, me faria entender o mundo, sofrer com ele, comemorar por estar viva, digerir histórias de amor e de luto, trabalhar com palavra, o maior dos privilégios.

Este é um livro sobre amor é a pedra fundamental onde plantei minha história, uma volta à literatura que me formou, às músicas que eu ouvia, aos amores que inventei, às impermanências, ao platonismo, às relações, ao desejo, e tudo que segue povoando meu peito, meu imaginário, e que só ganha sentido porque você veio comigo.

Obrigada por seguir junto.

Um beijo,

Paula

Ella

Ele disse que, ao contrário do que eu pensava, nunca seria mulher de um homem só. Nunca de um homem só. (Nem dele.)

L.

**AQUELE
QUE PODERIA
TER SIDO**

Olhou para mim, olhei para o lado. Como descobriria depois, odeio ser encarada. Detesto que me olhem nos olhos, embora fale com as pessoas como se pudesse enxergá-las por dentro. Ele me olhou, tirou a franja do meu rosto com a mão, pediu desculpas por isso, mas disse que estava dando agonia me ver pela metade. Perguntou por que eu bebia cachaça, e falei que era porque gostava. Ele disse que isso bastava e pediu uma também. Não lembrava meu nome, disse. Mas não havia perguntado. Quis saber quantos anos eu tinha e me interrompeu antes que eu respondesse. Perguntou se eu morava perto e descobriu que sim, a duas ruas do seu hotel. Viu o prato que eu pedi chegar e a minha primeira garfada nervosa, morta de fome depois de um dia inteiro. Olhou nos meus olhos e disse que achava incrível jantar com uma mulher que suspirava enquanto comia. Enquanto é comida também, pensei.

Depois que você fosse embora, e me deixasse com a droga desse pacote completo, de olhares e desculpas banais, por encostar em você em qualquer lugar, e o tesão absoluto e a vontade de te morder, te prender com as pernas e falar baixinho que, se você deixasse, eu invadiria sua vida, você sorriria pra mim com essa cara de lenhador de história infantil, meio ogro, meio príncipe, e iria embora, levando um pedaço do meu coração em cada mão. Quando chegasse lá, me escreveria uma carta dizendo: por favor, *chérie*, não se apaixone por mim. E é apenas por isso que às vezes eu fico em silêncio.

Nesse ínterim ele veio. Disse que trocou de estado para me ver, que deixou o livro para me ver, que pegou um avião lotado para me ver, sem me perguntar o que eu estaria deixando para trás para vê-lo. Não muita coisa, na verdade, mas me incomodou um pouco o fato dele se vangloriar tanto por ter vindo. Isso é sinal de que eu merecia de alguma forma? Na verdade, o que eu quero é que ele me admire, que goste do que escrevo, ao invés de ser mais uma "bonitinha" que valha a pena uma trepada interestadual. Não sei. Sei que ele veio e não mudou muita coisa por aqui. Foi embora em um outro avião lotado e eu que me virasse com o que tivesse sobrado para mim, além de garrafas vazias, cigarros e papéis escritos e amassados pelos quartos da casa. *Writer's bullshit*, e é o que me toca, não preciso falar de novo a espécie de clichê no qual me enquadro.

No clichê em que você me aprisionou.

É sábado de manhã e eu acabei de tomar o café. A vizinha faz barulhos como sempre, a casa precisa de cortinas, pratos limpos e definitivamente não precisa de barulho. Sábado de manhã é o único momento em que eu consigo ver a luz sépia que entra pela janela da sala e eu não quero nada além disso. É sábado e eu posso escutar música sem os fones, e coloco Billie para cantar "Blue Moon", porque me disseram que hoje vai aparecer no céu a maior lua dos últimos vinte anos. É sábado e eu finalmente tenho tempo para pensar em como seria. Nós dois juntos. Porque me permito a saliência de criar uma vida à distância e vejo você acordando cedo para correr e me deixando na cama, e depois me acordando pra visitar seus pais, e me levando na feirinha daquela rua e para aquele restaurante polonês *all you can eat*. Me deixaria sozinha à noite para escrever enquanto eu já teria alguns amigos na cidade e sairia para dançar. Meu livro acontecendo aos poucos e você fazendo cara de surpreso por eu de fato ter algumas leitoras queridas que consideram alguma coisa nesta literatura menor que é falar de si mesma enquanto você não entende o quanto de material você me dá e o quanto este nosso colchão jogado no chão do quarto parece mais ficcional do que qualquer história inventada. Não seríamos felizes. Eu teria me apaixonado por você de novo (como da primeira vez), um homem que não sabe amar, mas que merece um afago por ter tentado, e eu amaldiçoando seu passado, que amaldiçoou a você mesmo no dia em que ela te deixou.

E eu voltaria pra cá, e me mudaria para a mesma casa onde estou agora, feliz pelo sépia que entra pela janela da sala, escrevendo sobre os anos que vivemos juntos, e sobre como é estar sozinha e não procurar um novo amor. De vez em quando, você sai com seus amigos e com uns tragos a mais contempla a possibilidade de vir aqui e me levar de volta sem lembrar que um ano se passou e que você nunca vai conseguir de fato me amar, apesar de sentir falta do peso que eu fazia em cima de você e do formato dos meus peitos, além da paciência, do amor desesperado e das teclas de computador soando nos dois lados da casa. Te escrevo esta carta para dizer que sempre tive certeza que me curaria, porque, desde o momento em que eu entrei naquele avião, eu sabia que voltaria, eu sabia que ia te deixar, e sabia que havia uma linha que você não cruzaria nunca. Mas te espero, para sentarmos em um bar, civilizadamente, entre nossos milhares de amigos em comum. E aí eu roçaria meu rosto na sua barba, e você conheceria um homem que me ama com a devoção de um filhote, e voltaria para casa questionando todo o amor que poderíamos ter vivido. Mas não viveríamos jamais. Porque as coisas são como devem ser. Simples assim.

"Certa manhã Gregor Samsa acordou de sonhos intranquilos."

Estava sentado na cama de frente para mim, segurava a minha mão, beijava as pontas dos meus dedos, depois meu braço, depois atrás das minhas orelhas, depois minha testa e depois os meus olhos. Me levantou da cama, me levou até a sala, acendeu duas velas, puxou a cadeira para que eu sentasse. Fechou meus olhos, beijou meu pescoço, pediu para que eu continuasse daquele jeito. Saiu por um instante, voltou, abriu meus olhos, mostrou a bandeja. Jantou meu coração quente com um pouco de vinho. E não me ofereceu nenhum pedaço.

De todas as doenças, neuroses, erros constantes e defeitos que eu tenho, você é o que mais me preocupa. Me preocupa o efeito que me causa a distância, o tanto que eu consigo fingir ("tá tudo bem, tá tudo bem, eu nunca gostei de você mesmo"), mesmo vendo seu jeito, sua insegurança, mesmo acreditando plenamente que se passaram dois ou três minutos antes que você decidisse que não se apaixonaria por mim (essa ideia tem sido uma dúvida). Porque eu sei que foi. E aí, de três em três meses, você aparece, roça a barba que eu tanto gosto no meu pescoço, destila meia dúzia de pensamentos clichês que fazem sentido, depois fica em silêncio para me ouvir falar, me abraça por trás e vai embora feito um fantasma dizendo de novo: "Baby, não se apaixone por mim". E de longe a gente tem uma vida comum, e eu te vejo em todas as palavras que eu escrevo, em todos os discos que eu escuto, na droga de um cartão amarelado dizendo "obrigado, querida", me agradecendo por nada, e que eu nunca tive coragem de jogar fora. De todas as minhas neuroses, problemas, defeitos, doenças, você é o que mais me incomoda. Você liga e pergunta se as coisas vão bem e eu te escondo a felicidade física ao ouvir sua voz, para que em algum lugar você acredite que eu sempre vou estar livre, muito embora eu não esteja. E a vida vai bem. Do lado de cá, eu te proíbo em silêncio de se envolver com qualquer pessoa, amaldiçoando você e esse seu coração quebrado em pedaços. Eu preciso que você continue sozinho. Preciso que continue sozinho por mim.

Enquanto isso você aparece de vez em quando, e eu finjo que está tudo bem tentando esconder meu ciúme de pessoas que eu nem conheço. E aí você finge não se interessar por mim, mesmo que neste momento esteja com uma mão enroscada nos meus cabelos, soprando no meu ouvido que eu sou uma garota boba e eu penso que sou boba porque insisto em vir aqui e escrever sobre você. Mesmo que você continue lendo. E que continue vindo, e que continue vindo, e que continue vindo. E que, no final de tudo, a gente seja a história de amor mais bem-sucedida da minha vida.

Nas minhas fantasias, a gente morava em um desenho no seu caderno, uma casa com deque e vista para o mar, e eu escrevia e ouvia as minhas músicas estranhas (que só você gosta) enquanto você voltava correndo, com os dedos murchos de horas no mar, para me dizer que havia baleias. Haveria baleias para sempre, e eu mergulharia na sua barba para sentir o cheiro de sal, e lamberia seu torso para sentir gosto de sal, e deitaria ao seu lado na cama para comer seu sal. Nas minhas fantasias, você se cansaria daqueles dias, mas não se cansaria do mar. Voltaria para a cidade e me levaria junto e, assim, sentaríamos com amigos, seus amigos e agora meus, e eu beberia demais, como faço uma vez por mês, e, ao chegar em casa, gostaria de trepar o melhor sexo da sua vida, porque na minha fantasia eu estaria sempre fazendo o melhor, e tentando de forma doída fazer com que você olhasse para mim. Você me tiraria daqui depois que um dia eu te dissesse que você seria a única pessoa que me roubaria do meu mundo perfeito de casa silenciosa em um bairro na cidade que escolhi. E eu te diria: "Ainda bem que você não quis, porque você seria a única pessoa no mundo que me roubaria, que foderia meu mundo, que me levaria pra outra cidade, outra casa, outro caos. Um caos maior que o meu". E então você se convenceria. Mas, na minha fantasia, um dia esta minha vida de equilibrista, de tentar fazer você se apaixonar por mim todos os dias, iria minguar. E eu iria querer ser amada de volta com a intensidade que você nunca me amou, e assim te deixaria, porque doeria demais ver o tempo passar sendo engolida pelos seus silêncios, que, depois de ocupar nossa casa inteira, me colocariam para fora por falta de espaço. Você foi o grande amor que eu não tive, a grande paixão que eu nunca vivi, a fuga da cidade que nunca aconteceu, as palavras que eu escrevi tantas vezes durante a noite, minha mão embaixo do lençol de olhos fechados sussurrando seu nome, minha esperança e minha desgraça. Você é meu amor eterno, o que vai durar para sempre, porque não me quis quando, timidamente (mas o suficiente para te fazer entender), eu te ofereci meu mundo. E obrigada por isso. Não ter querido me salvou a vida. E te fez meu amor impossível, daqueles que duram para sempre.

B.
AQUELE QUE NÃO FALAVA

Não adianta chorar alto, gritar, dizer que é só seu, e que eu me recuso a ficar com outros caras, dar pra outros caras, não adianta sair e beber e ouvir música triste, um samba cafona talvez, cafona como eu, porque não vai adiantar nada.

Não adianta mentir e olhar para outro cara e prometer a ele, sem que ele saiba, que sou plenamente capaz de amá-lo, porque essa sou eu, oras, e eu sou plenamente capaz de amar outras pessoas, porque você sabe, nós dois sabemos, eu não sei mentir.

Então me recolho no canto, com esta dor que é só minha, e que ninguém toque nela, ela que, quando quer, às vezes fede a gin tônica barata, ou a vinho caro, ou a nada, e que soa como Nina Simone aos berros, ou como Reginaldo Rossi, e que tem vida, tem forma, tem cara.

Eu deixei que ela chegasse hoje.

Que ela tenha seu tempo, me vire ao avesso, me seque, me expurgue, me embale, me cure.

E que aí sim eu possa acreditar em outras coisas.

Mas que primeiro ela chegue.

Desço os seis centímetros de salto que são suficientes para me colocar de novo no chão. O único saldo da noite é um vestido novo manchado de vinho.
Estou bonita que é um desperdício, estou bonita e isso não serve pra nada.
Fim de festa e a gente vai cambaleando até uma outra festa na mesma rua. Esfrego o rosto no meu melhor amigo, que vai embora, pedindo pelo amor de Deus para ele ficar.
O peso do corpo no salto, o peso do corpo no ombro alheio, o peso do corpo.
Até o fim daquela rua, da rua que é dele, da rua que eu entrei e saí tantas vezes, sorriso de apaixonada no rosto — o quanto eu te amei, meu Deus, o quanto eu te amei.
Alguns cigarros na janela de onde eu vejo o seu prédio.
Dos cigarros que você me proibia ali, no seu apartamento tão branco, tão intocável, onde eu não deixei sequer uma marca.
No dia em que eu te deixei, não deixei absolutamente nada que tivesse que buscar depois.
Além do meu orgulho próprio e da nostalgia de enfim perceber que a saudade que eu sinto é do amor que você não me deu.

Eu hoje me senti tão só, tão só,
      TÃO só
Que a solidão se tornou palpável.

Ele confessa seu erro depois de muitas doses de whisky, "baby, desculpa, bebi demais", num prédio em Ipanema, enquanto no Flamengo um outro acorda já chorando e amaldiçoando o ex--amor que ontem, apenas um mês depois de ter tirado as coisas da casa dele, se pegava com um protótipo de lutador de jiu-jitsu em uma boate na Barra. Aqui em Copacabana, onde somos todos exageradamente solitários e malucos, cada um à sua maneira, eu espero o café ficar pronto, completamente entediada por apenas esperar, esperar e esperar que um dia ele ligue finalmente dizendo que não me ama mais.

Te escrevo para dizer que hoje estive a exatos dez passos de correr e te bater na cara e te mostrar o quanto eu estava bonita com o meu vestido novo e o meu cabelo cortado. Que você não viu, que talvez não vá ver, porque este quadrilátero neste mesmo bairro, *lover*, está proibido. E existe uma força, uma força enorme que me impede de fazer isso, quer saber o que é? Meninas bonitas que te dão menos trabalho. Eu dou muito trabalho, não é? Mas uma coisa você tem que assumir, *lover*. Eu te dei o maior amor do mundo também. Não dei?

Vejo você nos livros, nos discos e em tudo o que ficou em mim. Sempre fica, e a sua parte cabe na mancha roxa do meu joelho batido uma vez na sua cama, nos barulhos que eu faço quando piso no chão e no postal amarelado no fundo da gaveta. Hoje eu te liguei (fazia tanto tempo) pra dizer que eu sofri muito, mas que agora eu desejo o inverso, eu te desejo amor, amor e paz de espírito.

E, quando você diz, com dois anos de atraso, que foi dolorido também, o coração aquece e eu sei que fizemos a escolha certa. Somos incompatíveis por sermos iguais. Nunca seríamos felizes juntos. Somos pesados demais para isso, e nos amávamos com o mesmo peso. E aí eu te liguei, porque precisava saber, e te ouvi leve, ouvi dela, te contei dele, e senti saudade. Depois te desejei boa-noite, e pedi para que ela te amasse com a mesma intensidade com que você nunca me amou.

Ella

Foi hoje pela manhã, enquanto eu chorava compulsivamente trancada na minha salinha. Ligava pra ela quase todo dia às dez horas. Quando eu morava lá, muitas vezes as pessoas diziam que eu nunca ia conseguir sair daquela cidade por causa dela, e, quando eu saí, falaram que eu finalmente tinha cortado o cordão umbilical. Mal sabem eles que falo com ela todos os dias às dez, quando não algumas outras vezes.
Mas a questão aqui não é ela, é o que ela disse, ou melhor, repetiu, de noite pra mim. Dessa vez de forma escrita. Ela disse: Você tem que escrever, tem que escrever, tem que escrever.
Será que sabe que eu escrevo agora? Muitos dias depois do meu último texto, travei, não consegui, e mais uma vez eu só consigo porque alguma coisa em mim começou a gritar.
Na verdade, pra fugir dos gritos dos outros, e dos meus próprios, eu me fecho aqui, no único canto que é meu, e soletro minhas dores porque é assim que vai embora, sempre foi, você sabe.
E aí eu me apoio no travesseiro grande que ele deixou e, entre uma fungada e outra (reminiscência de choro recente. Ref: "Duração média do choro, três minutos", Cortázar), começo a destilar minha literatura confessional.
Não briga, eu já te falei, eu sou assim mesmo, até invento ficção, mas ninguém percebe. Na verdade ninguém vê, porque tudo o que eu invento é real, tudo o que eu invento se torna real, então não sei mais o que sou eu e o que é palavra.

O que importa é que eu me lembre que tudo o que eu posso fazer é escrever. Não importa como, tudo o que eu posso fazer é escrever.

"Devagar, escreva", e depois escreva mais; e, quando o papel acabar, escreva nas paredes, escreva no quarto, no banheiro, na cozinha; e, quando a tinta acabar, fure seus dedos e escreva com sangue, até que o sangue se misture com a tinta, e depois escreva com as mãos, dedilhando palavras invisíveis que ainda assim serão palavras, e escreva, e continue escrevendo, até descer para a rua e escrever nos muros do bairro, com tinta, sangue, mãos, pela rua abaixo, pela cidade inteira, nas areias, nos prédios, no chão. Mas escreva e, quando a mão cansar, se cansar, grite, soletre palavras, cante frases inteiras, até falar cada vez mais alto, até ficar rouca, até perder a voz, até que o resto de barulho se misture com a tinta, com o sangue, com as marcas da sua mão, até que a cidade inteira esteja coberta, e que dentro de você não exista mais nada. Até que não te sobre nenhuma palavra para ser escrita.

(Resolução de meio do ano)

Amar até que o amor (não) acabe, se transforme.
Escrever até que a tinta seque
A boca seque
O peito seque
A vida segue.

Semana passada meu gastroenterologista pediu para que eu escrevesse um diário do meu estômago. Tenho medo de que o diário do estômago seja melhor do que tudo que eu já escrevi.

Hoje eu descobri que o polvo tem três corações.
Eu sou polvo. Sempre disse isso.
Pernas e braços espalhados pela cama e pelo moço.
Sou polvo.
Está provado.
Ainda mais com três corações.
Mas descobri também que polvo vive seis meses.
E viver apenas seis meses é problema de quem tem
coração demais.

Hoje de manhã cheguei à conclusão que o que me mais causa gastrite é engolir sapos. E para esses bichos ainda não inventaram remédios.

Nos trinta segundos que antecedem a terapia, eu resolvo pintar as unhas de preto de qualquer jeito. Fica feio, óbvio, ainda mais para alguém como eu, que carrega na cabeça o estigma capricorniano de tentar ser o mais perfeita possível. Com as unhas pintadas de preto, meto as mãos dentro da bolsa para procurar a chave de casa e me questiono se ela não vai ficar cheia de farelos e coisas que antes seriam tabaco. Me questiono para que e para quem eu fiz isso. Para ele que agora olha placidamente o jornal, apenas questionando a hora, e não o esmalte; para meu terapeuta, a quem vou ter que dizer o que eu fiz no momento em que eu tirar os sapatos, como sempre faço, e ele ver que, ao contrário dos pés meticulosamente vermelhos, me sobra esmalte preto pelas bordas das unhas; ou pra você, que é para quem eu conto sobre as bordas, o que me escapa as tampas, o tudo que transborda. Eu sou teatral, tenho Lua em Leão e hoje engoliria os homens se a garganta não doesse. Mas, em vez disso, troco confidências com amigos de verdade dizendo que olhar para o lado é me sentir viva. Mesmo não tendo coragem de levantar o queixo para cima. Esta semana não fizemos sexo. Ele voltou tarde todos os dias do escritório, teve enxaqueca e disse que, mesmo que quisesse, não conseguiria me comer de tanta dor. Ontem eu fiquei doente, com febre e uma dor de garganta que me custou três dias de silêncio. Fiquei em casa ruminando as minhas dores e as dores dele, e se ele não vinha porque não queria ou se era realmente verdade. A moça se joga do prédio da frente com os pulsos cortados, eu suspiro de tédio às dezoito horas e, dramática que sou, com Lua em Leão, pergunto se ainda somos um casal legal depois de algum tempo de casamento. Ele rosna algo e eu apoio, depois suspiro profundamente com uma coisa qualquer que leio no computador e ele pergunta se eu tenho tomado minha medicação. Brigamos. Eu tenho certeza que ele fala de outras pílulas enquanto se diz inocente me chamando de louca, dizendo que só queria saber se estava tratando a garganta e o estômago. Não concordo. A garganta dói porque ontem fiquei de peitos de fora encarando a janela enquanto ele ainda sentia dor. Acordo, trabalho, me entedio, a garganta piora, o pânico não, e eu chego ao consultório do meu médico questionando que tipo de problema essas pessoas da sala de espera têm, enquanto o meu agora é saber como me curar para sempre do pânico, pagar o cara que me curou disso, e como tirar esse esmalte preto das minhas unhas no dia seguinte de manhã.

A madrugada passa e eu fumo cigarros imaginários remoendo dores antigas com um novo tipo de chá.

Doutor, tenho gastrite. De café expresso e de "não dito". Postergo o trabalho, mexendo no cabelo e escrevendo palavras que vou deletar depois. Enumero coisas para a terapia. Quero contar pra ele que me sinto mais forte, mais fraca, mais forte, mais fraca, mais forte, mais forte. É assim?
Quis aumentar minha dose, disse que não precisava, que eu ia entrar na yoga, dei meus textos para que ele visse, pra ver se ajudava, contei que achava que ninguém mais queria ler, porque se antes eu escrevia exclusivamente e obsessivamente sobre o amor, agora eu escrevia sobre o quê? Sobre sobrevivência? Sobre vivência. Fui à praia depois de anos. Nariz vermelho, cabelo claro, cara de saudável, doutor, porque eu estou. Esse sábado vou fazer uma tatuagem, te contei? Escrevo *Breathe* no pulso, para não esquecer de respirar. Hoje me peguei dizendo a uma cliente, depois de uma reunião, que "a gente se leva a sério demais, se cobra demais, e se desgasta demais por causa de tudo". Eu disse isso e ter dito significa que alguma coisa está mudando por essas bandas.
Tive sonhos estranhos, acordei pensando em uma dose maior, mas depois saí de casa pra trabalhar e me senti uma supermulher. Diminui a dose doutor, eu juro que não é insegurança, talvez seja vida normal, talvez seja assim que tem que ser, fraqueza e força, alternadas, mas o foco no bem, no que vai dar certo, porque sempre dá.
E o maior erro das pessoas é achar que não.

Enquanto eu mesma sou um exemplo de que até os momentos mais difíceis geram algo de bonito depois. E que antes do fim dá tudo certo. Antes do fim a gente aprende a viver melhor, mesmo que na marra.

Sistema Nise da Silveira de salvação pela literatura.

Hoje, enquanto passava pelo túnel escuro a caminho do trabalho, beijei o estranho que estava ao meu lado.

Nota para um descarrego

No dia em que o deixar, arrume uma mala grande
Coloque as camisas, as bermudas, as cuecas (aquela camisa que você dormia. É. Essa também)
Os livros, os filmes, a lembrança daquele dia na praia, as fotos, a voz dele ao telefone, os sapatos que ficaram,
O cafuné, a música que ele cantava no chuveiro, a sopa que ele gostava, a cor dos olhos dele.
Jogue as jabuticabas fora, jogue os vinis fora, jogue o cheiro fora, jogue os lençóis fora, jogue o computador fora, jogue o porta-retratos fora, o vinho fora, aquele seu vestido azul fora, suas calcinhas,
Seu pijama,
Seu chá de boa-noite,
Sua homeopatia pra dormir,
Aquele chocolate que ele trouxe,
As cartas,
Jogue fora as cartas.
Não, melhor,
Queime.
Queime todas as cartas.
Jogue o celular no mar,
Volte para casa,

Tome um banho de sal grosso,
Passe óleo de lavanda pelo corpo,
Respire fundo três vezes.
Comece tudo de novo.

Se toda mulher tem mesmo que ter alguma coisa de triste, talvez hoje eu esteja bonita.

A gastrite voltou a doer. Quem escreve já nasce estragado.

Porcausademisteriosasfaltasde
ar
no
meio
do dia
o médico me pediu um eletrocardiograma.
Tal foi a surpresa do próprio
ao constatar
que lá dentro
não havia
nada.

Mais um copo quebrado na cozinha. Ando por cima dos cacos, junto os cacos, sento e escrevo como seria a vida com L. Volto para a cama, ele lambe o sangue que escorre dos meus pés e eu entendo que ninguém vai amar minhas cicatrizes como ele. E isso é amor. Só isso é amor.

Você ainda não sabe, mas o que me cura é sua língua na minha orelha, algumas baixarias ao pé do ouvido, sua mão na minha bunda e as palavras em seu devido lugar.
As palavras em todo lugar.

I.
AQUELE QUE NUNCA ME PERDOOU

End is forever, ela tatuou na base das costas e, depois que terminou com ele, quis tirar. Eu, que sou contra cobrir qualquer tipo de erro, principalmente os da pele (e digo com a propriedade de quem fez a primeira tatuagem aos quinze anos em uma Kombi), pedi que ela deixasse, porque de repente ela mesma acabava acreditando e, sendo tão próxima de mim, talvez me fizesse acreditar também. *End is not forever*, baby. Eu coleciono meus fantasmas como as roupas que guardo no armário com medo de desapegar. Como eu te disse, essas coisas não se tiram, não se apagam e nem se cobrem, então deixa essa tatuagem aí, porque, mesmo quando se cobre, o que vai por baixo sempre fica, o que foi escrito sempre fica, o que foi vivido sempre fica, o resto do cheiro sempre fica, o arrepio na pele sempre fica, todos eles sempre ficam. Todos eles ficam. Vive esse seu amor até o fim, sente ele chegando em uma tarde de sexta, soprando no seu ouvido como um espírito velho, ouve o som das suas correntes, mas esgota o passado em letras, nos seus desenhos sem sentido, nos seus gritos, nos seus mergulhos no mar.

O ex-amor é uma baleia enorme, que não some, e que te aparece quando as coisas estão na melhor configuração possível.

Mesmo que não te ameace o novo, escreva uma longa carta, crie uma simpatia qualquer, coloque em uma garrafa, vá a um centro espírita ou, simplesmente, um dia de manhã, mande um e-mail pra ele, com toda sinceridade de um amor que não frequenta mais a sua casa, mas ainda mora no seu peito.

Escreve em CAPS, letras garrafais e negrito:
EU TE AMO.
E assim você vai estar livre para amar de novo quem quer que venha depois.
E ele que entenda como quiser.
O importante é que o amor só te deixa depois que ele entende que.

Primeiro fui eu. Não, primeiro foi uma menina na escola, que gostava de pintar com lápis de cera e passar as mãos pelos cabelos. Depois foi qualquer uma. Aí ele veio para o Rio, tomou forma, fumou meu cigarro pela metade em uma festinha da faculdade, reparou nos meus cabelos e lembrou da menina do lápis de cera da pré-escola. Chamei para tomar um café. Ele tomou chocolate. Paguei a conta, dividimos um cigarro, vimos *Star Wars*, ele me beijou em frente de casa e, depois de ler meus textos, ficamos juntos por quatro anos. No início ele me lia, achava bonito, e aí os anos foram passando, e eu comecei a escrever outros assuntos. O menino parou de ler, ficou amedrontado por não saber pra onde iam meus textos, e por fim abandonou meus papéis. Dormíamos juntos todos os dias, mas aquelas palavras ficavam no meio. Um dia, o menino não conseguiu mais, e eu acabei me apaixonando por uma folha em branco que cruzou o meu destino em um show de rock. Não nos vemos mais, eu e o menino, mas esses dias conheci seu novo objeto de desejo. Cabelos lisos e loiros, como os meus, como os da menina do giz de cera da pré-escola. Ao invés de escrever, a menina pinta, e de vez em quando pinga uma palavra lá e cá. Sei que é talentosa, pois meu menino se apaixona por coxas grossas e arte, e respeito quem quer que seja, desde que saiba a responsabilidade de ter preenchido o vazio que ficou daquela história, daquele cigarro dividido, daqueles quatro anos de amor e agonia. Das palavras que deixei.

Minha folha em branco se transformou em um amor desses que soa eterno e, por mais que seja difícil, nunca deixou de ler o que eu escrevo. Meu novo amor escreveu no meu peito nosso destino, me colocou uma aliança imaginária no dedo e não sabe, mas diariamente eu penso em casar. Não sei exatamente a quem eu faço meu novo amor lembrar, mas sei que antes de mim vieram outras, que talvez pintassem ou escrevessem, que faziam coisas que tocavam seu coração, e entendi, por fim, que nos apaixonamos mesmo é pelas nossas primeiras memórias. Pelas reminiscências de lembranças das primeiras pessoas que nos fizeram sorrir.

Ella Você merece ser muito feliz.
I. É, eu mereço mesmo.
Ella Merece, você é muito bonzinho.
I. Mas as pessoas enjoam de gente boazinha.
Ella Só gente tóxica enjoa de gente boazinha.
I. Você enjoou de mim.
Ella Eu sou tóxica.

Sentado ao nosso lado estava o cara que usa um tapa olho e está sempre lá com a mulher e o filho, e eu pensava em quantas vezes a gente já dividiu a mesa com eles, enquanto ele me lembrava que justamente naquele dia, dez anos antes, a gente se conhecia.

Ella Nosso namoro era geminiano.
I. E o que isso tem a ver?
Ella Nada, isso sou eu obcecada por astrologia e ao mesmo tempo tentando encontrar alguma coisa para colocar a culpa.
I. Ninguém tem culpa.
Ella Nem eu?
I. Talvez você tenha mais culpa do que eu, mas a verdade é que a gente era muito novo.
Ella Não importa o que aconteceu, o que importa é a gente estar aqui hoje. Significa que a gente deu certo. Não é?
I. Sim, significa.
Ella Você não vai me contar dela?

I. Você quer saber?
Ella Quero.
I. Ela vale a pena.
Ella Eu tenho certeza que vale, é a primeira vez que você fala de alguém depois de anos.
I. A gente foi para a serra esse fim de semana.
Ella Mas esse é exatamente o tipo de coisa que eu não quero saber.
I. Você acabou de me falar que está completamente feliz.
Ella Eu estou, mas não é por causa disso que eu vou te falar como é o sexo.
I. Eu ia te falar sobre o hotel na serra.
Ella Quem viaja pra serra pra não trepar? Viajar pra serra é ficar fazendo sexo o dia inteiro, ou você quer me convencer de que foi lá pra ler?
I. Você está certa. Vai ao casamento do meu irmão?
Ella Faz diferença?
I. Ele quer muito que você vá.
Ella Eu quero ir, mas não sei se tenho coragem.
I. Você nunca teve medo de nada
Ella Não é sobre medo, é porque eu fiz parte da sua família por anos, então vou querer ficar lá, com a sua mãe, seus tios, seus avós; e ao mesmo tempo você vai estar com ela e pode ficar uma situação chata.
I. Ué, por quê?
Ella Por causa desse lance de disputa de atenção.
I. Você vai disputar minha atenção?

Ella Claro que não, mas você sabe que sua família gosta mais de mim.

I. Meu irmão quer mesmo que você vá.

Ella Ainda bem que eu tenho cinco meses pra decidir, né? Nunca entendi essa antecedência toda para confirmar casamento.

I. Um dia você engasga com tanta ironia.

Ella Foi por isso que você se apaixonou por mim.

I. E foi por isso que eu me desapaixonei.

Ella Desapaixonou mesmo? Ah, sim, a menina nova. Desculpa, parei.

I. Mudando de assunto, você lembra que esse foi o primeiro lugar que a gente veio junto?

Ella Claro que lembro.

I. E você não acha engraçado a gente se encontrar no mesmo dia que a gente se conheceu, anos depois, para entregar coisas um do outro que ficaram nas nossas casas?

Ella Física e espiritualmente.

I. Isso sim é um fechamento.

Ella Você acha que é assim que termina?

I. Só pode ser. Nada pode ser mais óbvio do que isso.

Ella Mas isso não quer dizer que eu vou ter que pagar a sua conta, que nem daquela vez.

I. Deixa essa comigo... dessa vez eu pago.

Ella Quero te fazer uma pergunta.

I. O quê?

Ella Você acha que é possível a gente amar alguém pra sempre?

Eu acho que o amor se transforma. É isso o que eu acho. E você?

Oito horas da manhã. Acordo sonolenta. Foi um sonho estranho, mais um da série que me persegue há semanas, um sonho com você. Eu não te amo mais, e digo isso fazendo um café para me manter de pé enquanto escrevo essas palavras. Não te amo mais e não estou nem aí se seu irmão vai casar e se sua família me odeia, e que, mesmo tendo namorado você por anos, ninguém faz questão que eu esteja lá. Não te amo mais, e digo isso pisando leve no chão do meu apartamento para que o novo amor que surge tímido espalhando as roupas na minha sala possa dormir no meu quarto, deixando um pouco de intimidade para essa nova história que surge. Não te amo mais, mesmo que eu ainda vasculhe as suas coisas todos os dias para ver você indo morar com uma garota que conhece há menos tempo do que duraram algumas das nossas conversas. Não te amo mais, e sei disso quando sonho que estamos juntos de novo e no sonho eu fico te explicando por que não sou boa pra você, mesmo que quando eu acorde fique procurando suas notícias no jornal, e as matérias que você escreveu e seus traços na minha casa apenas para doer mais um pouco, como quando eu era pequena e roía a unha até sangrar, só pra doer, só pra entender o que era a dor.
Eu não te amo mais, mesmo que agora eu amaldiçoe sua família por não gostar mais de mim, nosso passado, a merda do livro que você escreveu, seus quadros, sua genialidade de quinta, seu afeto gigante, seus olhos pequenos, sua cara de órfão.

Eu não te amo mais, e não te amo por me acordar às oito da manhã com raiva pelo terceiro sonho seguido, por você me invadir a casa de madrugada e se infiltrar nos únicos momentos em que eu consigo silêncio.

Então, por favor, trate de ir embora de vez dessa cidade. E leva embora tudo o que você ainda tiver deixado, porque essa casa ainda tem seu nome, meu corpo ainda tem seu cheiro e, mesmo que eu não te ame mais, sua presença ecoa de me enlouquecer.

E eu não acredito em fantasmas.

Você me machuca, da mesma maneira de sempre, de uma maneira que você não conhece, da maneira que eu permito, e deixo que você entre nos meus sonhos, mesmo tomando a pílula certa antes de dormir.
Já aceitei que nos sonhos somos sempre nós três e um gato. E fico feliz por ter um bicho de estimação, pelo menos enquanto durmo. E nos sonhos você não me destrata; responde, é legal comigo.
Da última vez estávamos nadando em uma cidade submersa observando uma baleia morta em perfeito estado, que estava lá, entre nós três.
Nosso amor é a baleia morta, intacta. Sabemos que não vive mais, mas é enorme, ocupa cômodos, e vira e mexe entra na minha sala.
O que fazemos é rodear a baleia, encará-la e depois nadar por outros cantos, sabendo que, naquela sala, ela continua lá.
Também havia uma mulher morta com os braços para fora, presa na porta.
Mas o que importava era olhar a baleia, e nós três ficávamos ali, na presença daquela coisa enorme, a entidade do que a gente foi.
E ela presente, como se precisasse testemunhar o que aquilo significava, enquanto nós não falávamos nada.
Apenas olhávamos o tamanho de um amor que existe no fundo do mar, em formato de baleia que não vive, mas que o tempo deixou intacta.

Às vezes eu pego a máscara, desço e encontro com ela lá embaixo. Ela, a mulher morta (a mulher que um dia fui?), a baleia e você. Mesmo que às vezes eu queira ir sozinha e escreva isso em um papel ao lado da minha mesa, debaixo de um copo de água como ensinou minha avó.
Eu sempre te encontro lá embaixo.
Eu sempre te encontro nos rastros.
Eu não aguento mais te encontrar.
Eu não posso mais.

E.

AQUELE QUE ME PRENDEU NO CASTELO

Ontem escrevi sobre uma mulher louca. Uma escritora, que só acordava de manhã para comer as enormes torradas que faziam para ela. Viver para comer não é muito diferente do meu lema de vida. Hoje é sábado. Acordei com o miado do gato, com você indo embora, com meus próprios medos. Digitei *"something beautiful"* em um site de busca no computador, mas não funcionou. Encontrei um bilhete seu no meu espelho dizendo: "Li seu texto. Você menciona loucura (de novo), um médico (de novo) e eu acho que na verdade isso é tudo projeção de um futuro que você acha que vai ter. Um beijo, E".
Pego o bilhete e leio algumas vezes, tomo o remédio com um café ralo. Depois dele, meu café nunca mais foi o mesmo. Deito para ler o jornal, tento achar alguma coisa bonita de novo, e nada. Só leio o texto de um escritor que conseguiu sair do mundo de drogas e compulsão sexual e hoje vive uma vida feliz com uma pedagoga. Sonhei com o médico. No sonho, estávamos em São Paulo para uma consulta de emergência. O consultório não tinha chave e do lado de fora duas secretárias vestidas com roupas dos anos sessenta ligavam para confirmar horários.
Ele tinha um livro sobre a história da Bahia na mão, e olhava pra mim fixamente antes de se debruçar dizendo que não aguentava mais, que precisava... enfiei o pé no peito dele antes que terminasse a frase. Sabia que ele queria me beijar e imaginei que devia ser aquele tipo de homem que na primeira transa diz putarias no seu

ouvido, quando você só quer ouvi-las mesmo dali a um tempo. Saí do consultório apressada. Fazia um calor insuportável em São Paulo. Na portaria meus tios esperavam para me levar pra casa. Ele descia correndo e eu perguntava, mesmo sabendo que era um absurdo, se ele ainda podia me consultar, porque eu tinha questões terríveis. Ele disse que sim.

Ia embora por uma ensolarada São Paulo com uma faca enorme na mão. A faca que a gente usa para cozinhar, e com ela em punho entrava no carro com meus tios e pensava no que fazer quando precisasse de uma próxima sessão.

Depois disso acordei, li o seu bilhete e fiquei imaginando o que ele diria sobre o meu subconsciente dessa vez.

Continuei procurando *"something beautiful"* em sites de busca na internet.

Não encontrei nada.

Antes de você me ligar eu já tinha decorado o e-mail que te mandaria dizendo todas as coisas que vieram entaladas no meu café com leite até o trabalho.
Mas você ligou. E o coração amoleceu, e eu esqueci todos os seus defeitos e os nossos problemas (porque seus defeitos são tão pequenos quanto os nossos problemas, mesmo que obviamente eles existam) e, por ter me quebrado ao meio e desconstruído meu discurso ao dizer para mim exatamente o que eu queria ouvir, eu não te escrevi.

Mentira.

Eu escrevi uma mensagem para dizer que te amo e depois um e-mail agradecendo por nada e mandando umas besteirinhas como a gente sempre costuma fazer.
É que às vezes me esperar acordado é muito, mas também é pouco. E é triste desejar das pessoas o que você gostaria que elas fizessem gratuitamente, por amor, por você e, sim, por que não?, por esforço.
Porque eu seguro a sua mão e vou aonde você for, ao boteco da esquina, ao aniversário do amigo, ao jantar do tio, ao trabalho, ao avião, à nossa cama, às ruas e aonde você quiser me levar.
Aonde você quiser que eu vá.

E eu, mocinha do século xviii disfarçada de garota moderna, só quero que de vez em quando você faça alguns programas que te entediam, mas que para mim significam um mundo.

E quando dou por mim, não brigamos, não te escrevo te odiando hoje, não chego ao tal lugar dando mais uma desculpa, não chego em casa muda, não viro de lado, não faço bico.

Com o tempo você liga, charmoso, risonho, feliz e galanteador, apenas para me perguntar que horas são.

E eu volto para o trabalho sem conseguir sossegar porque não tinha escrito, sem entender que as palavras de agora queriam era falar de amor.

E de cotidiano.

E do cotidiano que você me entrega todos os dias de manhã.

Meu amor.

Casa comigo?

Casa de verdade, me leva ao cartório, assina um papel, coloca uma aliança no meu dedo e diz pra todo mundo que a gente vai ficar juntos até ter Tourette?

Buenos Aires número um: a vida é doce como um crème brûlée, e o vinho potencializa todo tipo de amor. É preciso cuidado ao juntar os dois. Pergunte ao seu parceiro antes o quanto ele é capaz de suportar. A depender da resposta, peça outra garrafa.

Escrever é psicografar. Fecho os olhos por dois minutos e lembro todas as doçuras, os abraços diante de um fogão quente, você cozinhando e me puxando com o outro braço, dizendo que queria ir morar comigo. Escrever é psicografar, então eu fecho os olhos e permito que todas as lembranças cheguem até as pontas dos meus dedos e comecem a documentar nossas histórias. Eu lembro de tudo, e sou capaz de sentir seus pés enroscados nos meus na madrugada fria do nosso quarto nessa cidade tão quente. Eu vejo como um filme, e sigo a psicografia, documentando dias de panelas quebrando no chão, de cigarros escondidos na escada do prédio, enquanto você achava que eu tinha ido embora, e eu pensando que, se a gente separasse e você encontrasse um "novo amor da sua vida" em quinze dias, assim como eu fui o seu daquela vez, eu teria que mudar de país. Penso em todas as possibilidades e, por mais que você brigue, às vezes é bom pensar nesse tipo de coisa.

O coração aperta e eu te sufoco com as duas mãos, de longe, te sacudindo e te implorando pra não me deixar. Ninguém entende, nem eu, a razão de ter mudado a minha vida de forma tão violenta. Foram as cartas e flores que nunca mais chegaram, mas se transformaram nas gentilezas de quem compartilha a casa e a vida, então você me faz um prato quente, pega meus livros do chão e prova que me ama mesmo quando, depois de me ver de todos os tipos e todos os dias, ainda diz que eu sou a mulher mais bonita daquele lugar. Escrever é psicografar e é só pensar em você que me aparecem um milhão de palavras, como se eu precisasse documentar todo o nosso amor para os filhos que nunca vamos ter.

Você ainda não entende meu humor ácido e nem quando eu reclamo de saudade gratuitamente. Não se prende um peixe com as mãos, não tento te controlar, mas *pardonne moi, mon amour*, quando eu bebo um pouco a mais e te vejo conversando com uma mocinha que eu nunca vi, o sangue sobe, e eu me afasto.

Eu nunca saberia dizer por que te amo. Meu amor por você virou instituição, se alojou dentro de mim e decidiu que nunca mais vai embora.

Às vezes eu só queria aprender a ficar mais sozinha, porque o que eu sinto é demais até pra mim, e quem diz que não se morre de amor é porque nunca conheceu você.

Dia sim, dia não, ele me confunde.

Às vezes me chama pelo nome, às vezes me chama de irmã, às vezes diz que eu sou uma amiga, diariamente uma boa namorada e, dependendo do humor, diz que eu sou sua mulher.

Eu gosto.

Fica chateado com a minha confusão, mas eu vou até onde ele vai. Se é meu irmão, deito no seu ombro; se é meu amigo, conto meus desejos secretos, indago sobre fidelidade, ele fica puto e diz que eu sou sua namorada. Concordo. Quando digo que sou sua mulher, às vezes ele gosta, abre um sorriso. E, se com a minha falta de jeito eu o tiro do sério, ele me tira do posto, e eu nem sei mais quem eu sou.

O amor é instável. Ou ele mesmo que ainda não se decidiu.

Enquanto isso eu crio um pseudônimo. Mando e-mails secretos, namoro outros, mas volto sempre pra casa, e atendo como ele me chamar. Desde que se deite comigo. E que saiba meu nome todos os dias.

Todo amor é frágil. Nunca o subestime.

Ele diz que eu escrevo bonito
Quando na verdade é ele que me emociona
Sem querer saber
Quantos antes
Já dormiram na minha cama
E morderam a minha nuca.

Ele lê o que eu escrevo
Com a humildade dos que esperam
Grandes amores que talvez nunca cheguem
E não julga
Todas as palavras fortes
Ou cenas
Fielmente descritas
De todos os outros que já me viram por dentro
E por fora.

Ele diz que eu sou donzela
Mesmo que veja meus pés sujos de terra
Deixando marcas pela casa
Com descuido dos que não olham por onde andam
E por isso derrubam vasos e vidros
E quebram, entre outras coisas
Corações alheios.

Ele diz milhares de coisas bonitas antes de dormir
Ele me abraça forte quando eu esperneio
E reconhece quando eu boto um glacê a mais
Nas minhas fábulas diárias e urbanas
Ele compra o pacote completo
Ele bagunça meu quarto
Meu peito
Minha vida
E me virando os olhos
Acaba não percebendo
Que o que ele fez por mim
Não tem mais saída.

É preciso criar com urgência uma nova palavra que diga o que eu sinto toda vez que ele me olha nos olhos
Não existe nada para isso
Amor é meu braço arrepiado
Toda vez que ele chega perto
O resto
Ainda não inventaram.

Você pergunta por que eu escrevo tantas palavras iguais
e
Eu me pergunto como é possível te amar ainda mais todos os dias
e
Quando eu vejo dezenove horas no relógio

Eu
Penso que eu só queria um lugar nosso
(só nosso)
Para quando chegasse esse horário
Eu pudesse te perguntar
Apenas
O que a gente vai jantar
E te digo que
Na verdade, as minhas palavras mais bonitas são as que estão guardadas
Para serem ditas todos os dias.

E é por isso que eu falo tanto de amor
Eu falo de amor pra você.

Não falo nada, só fico passando a boca nos pelos que terminam no seu cabelo e começam na sua nuca, para sentir seu cheiro impregnado de dia, impregnado de mim. Rezando em silêncio para que, quando eu chegar no dia seguinte, você continue atrás da porta, e ainda ache graça nas minhas inúmeras cartas de amor. Cartas que não chegam nunca, mas que eu recito toda noite ao pé do seu ouvido, esperando um direito de resposta enquanto você dorme, tentando entrar nos seus sonhos, deitada de frente para você, porque, no dia seguinte, são seus olhos grudados que me dão bom-dia. Os olhos que à noite me fazem dormir.

Faz frio, amor
Hoje o despertador tocou, eu não ouvi
Achei que você tivesse desligado em silêncio, mas logo depois acordou
Espreguiçou os braços e me empurrou da cama
Enquanto eu dormia pelos corredores
Me arrastando pelos corredores
Até ver a última parte de você coberta
Meu pacote azul de todas as manhãs
Tirei o pijama questionando se não poderia vir trabalhar assim
Me enrosquei nua de novo
Você sussurrou no meu ouvido
Me convenceu a ir, para não perder o trabalho
Porque minutos depois a manhã estaria perdida (vencida)
Para sempre.

Te mostro meu figurino encasacado e minhas bochechas rosas de frio
Te dou um último beijo, desmarco tudo para voltar mais cedo
Chego à padaria e, enquanto eu pago, já me espera o pão na chapa com café com leite
E eu me sentindo tão previsível
Meu cheiro de manteiga com perfume todas as manhãs
A última marca do lençol sobre a pele

A visão de você enrolado em um cobertor azul
Me olhando enquanto eu passo
Dizendo que me ama
Mas que eu não atrase
Pois existe a vida lá fora
Enquanto para mim a vida toda cabe nesse pijama
E no vão que sobra entre as minhas costas e o seu peito.

Absolutamente nada é mais subversivo ou libertador do que o amor.

Ella

Depois do primeiro beijo, do primeiro frio na barriga, da primeira noite, da primeira vez que a noite se estende até o dia, você quer entender ainda mais. E começa a fase do *name dropping*, de querer mostrar seu mundo, o quanto você pode ser interessante, divertido, gente boa. Olha só meus amigos como são legais, talentosos, queridos, brilhantes. Olha minha casa, minha vida, meus livros. Eu quero saber o que você ouve, quero te mostrar esta banda aqui, qual é seu filme preferido?

E tanto faz se o mundo não é o mesmo. Será que no espaço entre eu e você nesta cama a gente consegue achar alguma coisa em comum?

A madrugada se estende, o riso faz eco no quarto, o sussurro, o grito abafado.

Você não sabe ainda o que é, nem quer saber. Porque na verdade tem um *feeling* daqueles que se adquire com o tempo, que mesmo que os dois corpos façam tanto sentido juntos, talvez não pertençam ao mesmo lugar.

Não, não nascemos um para o outro e daqui a uns dias a gente talvez nem se fale mais. Mas mesmo assim você curte a melancoliazinha que aparece nos últimos segundos antes de dormir.

É quase confortável sentir isso. Porque você sabe que vai passar só pra daqui a pouco você começar a sentir tudo de novo, com outro corpo, outro cara, outra casa, e isso vai enchendo a sua vida de experiência, paixõezinhas, pessoas, novas músicas, novos amigos alheios, novas frases para impressionar.

Mas, ainda assim, no meio desse eterno retorno, o que importa é lembrar que tudo isso só faz sentido quando você está aqui, sentada no sofá antigo da sua nova casa, ouvindo "Pale Blue Eyes" pela quarta vez, do jeito que você gosta, tendo a noção exata de que, depois de ter exterminado os seus próprios fantasmas, você não precisa lidar com os de mais ninguém.

É para ser leve. Então seja.

AGRADECIMENTOS

Para Miguel Ribeiro, meu amor inédito, revolucionário.

Para Luiza Sposito, que acreditou neste livro antes de todo mundo e segue sem soltar minha mão.

Para Martha Ribas, Leticia Bosisio, Camila Perlingeiro e Ana Paula Costa, as Janelas mais bonitas desta casa, obrigada por esse reencontro.

Para Lúcia Riff, Eugênia Ribas e Julia Währmann, minhas cúmplices e queridas agentes.

Para Juliana Leite, com quem tenho a sorte de caminhar junto.

Para Vera Egito e Maria Ribeiro, por apostarem nella.

Para Mateus Baldi, terceiro olho dos meus livros.

Para Letícia Gicovate, porto e raiz.

Para todos aqueles que também acreditam que nada pode ser mais subversivo e libertador do que o amor.

Obrigada.

este livro foi composto em Surveyor e Adobe Garamond Pro
e impresso na Grafitto em papel Pólen Bold Natural LD 90 g/m2
para janela + mapa lab na primavera de 2022